GOSCINNY Y UDERZO
PRESENTAN
UNA AVENTURA DE ASTÉRIX

LA ODISEA DE
ASTÉRIX

Guión y dibujos de **Albert UDERZO**

SALVAT

Spanish
JGN
Asterix v. 26

www.asterix.com

Visita la página en español
http://es.asterix.com

Título original: *L'odyssée d'Astérix*
© 1981 LES ÉDITIONS ALBERT RENÉ/GOSCINNY-UDERZO

© 1981 LES ÉDITIONS ALBERT RENÉ/GOSCINNY-UDERZO, para la presente edición y la traducción castellano
Traducción: Víctor Mora

Publicado en 2001 por SALVAT

Depósito legal: NA-3527-2007
ISBN: 978-84-345-6782-5

Impresión: Gráficas Estella, S. L.
Printed in Spain-Impreso en España

ESTAMOS EN EL AÑO 50 ANTES DE JESUCRISTO. TODA LA GALIA ESTÁ
OCUPADA POR LOS ROMANOS... ¿TODA? ¡NO! UNA ALDEA POBLADA POR
IRREDUCTIBLES GALOS RESISTE TODAVÍA Y SIEMPRE AL INVASOR. Y LA
VIDA NO ES FÁCIL. PARA LAS GUARNICIONES DE LEGIONARIOS ROMA-
NOS EN LOS REDUCIDOS CAMPAMENTOS DE BABAORUM, AQUARIUM,
LAUDANUM Y PETIBONUM...

ASTÉRIX, EL HÉROE DE ESTAS AVENTURAS. UN PEQUEÑO GUERRERO, CON EL ESPÍRITU ASTUTO Y LA INTELIGENCIA VIVA. LAS MISIONES PELIGROSAS LE SON CONFIADAS SIN TITUBEOS. RECIBE SU FUERZA SOBREHUMANA DE LA POCIÓN MÁGICA.

OBÉLIX, EL AMIGO INSEPARABLE DE ASTÉRIX. DE OFICIO REPARTIDOR DE MENHIRES, GRAN AMANTE DE LOS JABALÍES Y DE LAS BUENAS PELEAS, OBÉLIX SIEMPRE ESTÁ DISPUESTO A ABANDONARLO TODO PARA SEGUIR A ASTÉRIX EN UNA NUEVA AVENTURA. LE ACOMPAÑA IDEAFIX, EL ÚNICO PERRO ECOLOGISTA CONOCIDO, QUE AÚLLA DE PENA CUANDO CORTAN UN ÁRBOL.

PANORÁMIX, EL VENERABLE DRUIDA DE LA ALDEA, RECOGE HIERBAS Y PREPARA POCIONES MÁGICAS. SU MAYOR TRIUNFO ES EL BREBAJE QUE DA FUERZA SOBREHUMANA AL CONSUMIDOR. PERO PANORÁMIX TIENE MUCHAS OTRAS RECETAS EN RESERVA...

ASURANCETÚRIX, ES EL BARDO. LAS OPINIONES SOBRE SU TALENTO ESTÁN DIVIDIDAS: ÉL OPINA QUE ES GENIAL; LOS DEMÁS PIENSAN QUE ES UN PELMAZO. DE TODOS MODOS, CUANDO NO DICE NADA ES UN ALEGRE COMPAÑERO...

ABRARACÚRCIX, EL JEFE DE LA TRIBU, MAJESTUOSO Y VALIENTE, AUNQUE ALGO SUPERSTICIOSO. ES RESPETADO POR SUS HOMBRES, Y TEMIDO POR SUS ENEMIGOS. NO LE TEME MÁS QUE A UNA COSA: QUE EL CIELO LE CAIGA SOBRE LA CABEZA, PERO, COMO ÉL DICE, "ESO NO VA A PASAR MAÑANA..."

EN LA CALMA DEL PROFUNDO BOSQUE GALO, TODO PARECE INDICAR QUE ES HORA DE PASAR A LA MESA ...

TACTACTAC! TACTACTAC!

SCRONTCH! SCRONTCH!

...PERO ALGUNOS DE SUS HABITANTES HAN PERDIDO PARTE DE SU APETITO ...

¡GROIN GROIN GROIIIIIN!

¡GRRR ONONON! ¡GROIN GROIN!

MIAFF! MFAFF!

N. DEL A.: PARA UNA MEJOR COMPRENSIÓN DEL DIÁLOGO, Y PIDIENDO EXCUSAS A LOS PURISTAS, HEMOS HECHO UNA VERSIÓN DOBLADA ...

¿ESTÁS REALMENTE SEGURO DE QUE NO NOS VAMOS A ENCONTRAR CON UNO DE ESOS LOCOS DE LA ALDEA VECINA?

YA TE HE DICHO QUE NO CORRÍAS NINGÚN RIESGO CONMIGO ¿POR QUÉ TIENES MIEDO?

MIAFF! MFAFF!

¡¡PORQUE HAN TRAGADO, MASCADO, DEVORADO, ENGULLIDO A TODOS LOS DE MI PIARA, Y PORQUE SOY EL ÚNICO SUPERVIVIENTE DE UNA FAMILIA NUMEROSA, HE AQUÍ POR QUÉ!!!

¡VAMOS, LA SITUACIÓN NO ES TAN HOMBRE (*)! ¡MÁS QUE PORTARTE CUAL JABALÍ, PÓRTATE COMO UN JABATO!

* POR BESTIA.

NO CREO QUE NOS TOQUE HOCICAR... ¡MI SISTEMA ES INFALIBLE Y ESTOY DISPUESTO A APOSTAR CONTIGO QUE JAMÁS NOS PONDRÁN LOS GALOS EN SU MENÚ!

Y SI PIERDES TU APUESTA ¿QUIÉN LA GANA?

¡LOS LOCOS!

¡LOS ALMUERZOS!

Y EN ROMA...

¡NO! ¡ESTO NO PUEDE SEGUIR ASÍ!!!

¡ESA ALDEA DE ARMÓRICA CONTINÚA RIDICULIZANDO EL PODER DE ROMA!

¡Y ENCIMA, ME ENTERO DE QUE MIS LEGIONES DEBEN AHORA ENFRENTARSE CON HORDAS DE BESTIAS SALVAJES!

¡LA MORAL DE MIS TROPAS ESTÁ BAJÍSIMA, Y EN EL SENADO SOY EL HAZMERREÍR DE MIS ENEMIGOS!

CLARO ESTÁ, EL ENFRENTAMIENTO, LA CORRUPCIÓN, EL SECUESTRO, TODO HA FRACASADO CONTRA ESOS GALOS IRREDUCTIBLES. Y SIN EMBARGO...

3A

¡FIELHASTALFINUS! ERES EL JEFE DE MI POLICÍA SECRETA. ¡SI TIENES UNA IDEA, DALA, POR JÚPITER!

¡CÉSAR, ES DEL DOMINIO PÚBLICO QUE LOS SECRETOS DE LOS DRUIDAS SE TRANSMITEN DE BOCA DE DRUIDA A OÍDO DE DRUIDA!

¿Y QUÉ?

¡MUY SENCILLO! ¡SÓLO UN DRUIDA, A LA VEZ DRUIDA Y ESPÍA, PUEDE RECIBIR Y TRANSMITIRNOS LA RECETA DE ESA FAMOSA POCIÓN MÁGICA QUE VUELVE INVENCIBLE...!

¡Y RESULTA QUE ENTRE MIS AGENTES SECRETOS, TENGO A ESE DRUIDA-ESPÍA, OH, CÉSAR!

¿QUÉ ESPERAS PARA TRAÉRMELO?

¡ESTÁ AQUÍ Y CERCA DE TI, CÉSAR!

?!?

YA PUEDES BAJAR DE TU ZÓCALO, CEROCEROSEIX!

3B

¡¡¿QUÉ?!! ¿SE ME ESPÍA EN MIS APARTAMENTOS?!

ERA SOLAMENTE UN EXPERIMENTO PARA MOSTRARTE EL GENIO INVENTIVO DE MI MEJOR AGENTE SECRETO, OH, CÉSAR.

CEROCEROSEIX HA PASADO SEIS VECES, Y SIN ÉXITO, LOS EXÁMENES PARA SER DRUIDA, DE AHÍ SU NOMBRE...

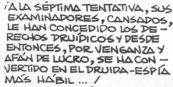

¡A LA SÉPTIMA TENTATIVA, SUS EXAMINADORES, CANSADOS, LE HAN CONCEDIDO LOS DERECHOS DRUÍDICOS Y DESDE ENTONCES, POR VENGANZA Y AFÁN DE LUCRO, SE HA CONVERTIDO EN EL DRUIDA-ESPÍA MÁS HÁBIL...!

¡PERFECTO! ¡TRAEDME EL SECRETO DE ESTA POCIÓN MILAGROSA Y HAGO VIRAR EN REDONDO AL TRIUNVIRATO, ME ERIJO EN DICTADOR DE TODO EL IMPERIO ROMANO Y HAGO VUESTRA FORTUNA!

¡AVE CÉSAR, LUCRATORI TE SALUTANT. (*)

* SALVE, CÉSAR, LOS QUE VAN A ENRIQUECERSE TE SALUDAN.

(4A)

VAS A SALIR INMEDIATAMENTE PARA LAS GALIAS Y TE CONFÍO ESTO...

?

ES UNA MOSCA SABIA QUE HE DOMESTICADO. EN CASO DE NECESIDAD, PODRÁS CONFIARLE UN MENSAJE ESCRITO SOBRE UN MICROPAPIRO QUE ME TRAERÁ EN UN SANTIAMÉN...! (*)

* ÉSTE ES EL TIPO DE MOSCAS QUE TIENE LA GENTE DETRÁS DE LA OREJA...

¡ADEMÁS, TE HE DEJADO INSTRUCCIONES EN ESTE ROLLO QUE SÓLO LEERÁS TRAS HABER SALIDO DE LOS MUROS DE ROMA!

BZZZZ!

¿CÓMO VAS A VIAJAR?

¡TODO ESTÁ PREVISTO, MIRA...

CLIC!

¡TCHROC!
¡CLONC!
¡CLIC!
¡CLAC!

¡
CLANG!

¡LO ÚNICO QUE NO HE LOGRADO PLEGAR EN TODO ESTO, SON LOS DOS CABALLOS QUE DAN NOMBRE AL VEHÍCULO!

BZZZZ!

(4B)

MÁS TARDE...

¡BOOOO!...

¡HA LLEGADO EL MOMENTO DE LEER LAS INSTRUCCIONES DE FIELHASTALFINUS!

¿PARA QUÉ OFRECER A CÉSAR LO QUE PODEMOS QUEDARNOS PARA NOSOTROS MISMOS? LA POCIÓN MÁGICA NOS HARÁ INVENCIBLES Y SEREMOS EL ÁGUILA BICÉFALA DE TODO EL IMPERIO ROMANO.

P.S. CUANDO HAYAS LEÍDO ESTAS LÍNEAS, EL PAPIRO SE AUTODESTRUIRÁ.

?!

PSSCHCHCH...

¡JE, JE! ¡CÉSAR Y FIELHASTALFINUS SON UNOS PARDILLOS! ¡SERÉ EL ÚNICO BUITRE DE TODO EL IMPERIO GALO-ROMANO!

BZZZ'n

SMACK!

PERO ¿ME VAS A DEJAR EN PAZ, INSECTO DESGRACIADO?

BZZZZZ

5A

MIENTRAS TANTO, EN LA COSTA ARMORICANA, LA VIDA TRANSCURRE PLÁCIDAMENTE EN EL PUEBLECITO GALO DE ASTÉRIX Y DE SUS COMPAÑEROS.

¡ES EXTRAÑO! ¡DESDE HACE POCO TIEMPO, TOPAMOS A MENUDO CON UNA PATRULLA DE ROMANOS CUANDO CAZAMOS EL JABALÍ!

¡SCRONTCH! ¡Y ESTO QUE YA DEBERÍAN HABERSE ENTERADO DE QUE EL JABALÍ ES ALGO SAGRADO PARA NOSOTROS! ¡SCRONTCH!

¡SERÁ SAGRADO, PERO TÚ NO DEJAS NI EL HUESO SACRO!

SCROTCH! SCRITCH! SCRONTCH!

5B

9

¡ PUES SI NO VIE-
NE, SERÁ TERRI-
BLE...!

¡ ESPANTOSO...!

¡ABOMINABLE...!

¡CATASTRÓFICO...!

¡BLAM!

...Y HA AÑADI-
DO "¡ESPANTOSO!
"¡ ABOMINABLE!"
"¡ CATASTRÓFICO!"
!

¡¡ SI PANORÁMIX TIENE TALES
TEMORES, ES QUE EL CIELO
ESTÁ A PUNTO DE CAER SO-
BRE NUESTRAS CABEZAS !!

MIENTRAS TANTO, ES LA NOCHE
LA QUE HA CAÍDO SOBRE EL
PUEBLO Y SUS HABITANTES, AL-
GUNOS DE LOS CUALES VAN
A TENER PESADILLAS ...

PERO, POR LA MAÑANA...

¡VENID PRONTO! ¡¡ESPIGADEMAÍZ, EL MERCADER FENICIO, HA DESEMBARCADO EN LA PLAYA!!!

¡ESTÁ AQUÍ! ¡POR FIN!!

¡BUENOS DÍAS, ASTÉRIX! ¿HACE BUEN TIEMPO, VERDAD?

?!

¡TIENES QUE HACERME PROBAR LA CERVEZA DE TU NUEVO TONEL, ABRARACÚRCIX! ¡NO LO OLVIDES!

?!

8A

¡HMMM! ¡TUS PESCADOS DESPRENDEN UN OLORCILLO QUE ME ABRE EL APETITO, ORDENALFABÉTIX!

?!?

¡DE MODO QUE ERA ESPIGADEMAÍZ Y SU MERCANCÍA, LO QUE PANORÁMIX ESPERABA...!

¡PUES, SÍ, SEÑOR! HA ALABADO EL OLORCILLO DE MIS PESCADOS

¡ES LO QUE ME PREOCUPA! ¡CUANDO SE LLEGA A ESTE PUNTO, ES QUE SE TIENEN IDEAS DE SUICIDIO...!

¡CONQUE POR FIN HAS LLEGADO, ESPIGADEMAÍZ, VIEJO BANDIDO!

¡HOLA, PANO! ¡OS SALUDO A TODOS! ¡OS ECHABA DE MENOS DESDE MI ÚLTIMO VIAJE! ¡VED LO QUE TRAIGO DE TIRO, ESPECIALMENTE PARA VOSOTROS...!

8B

¡POR DESCONTADO, ME HABRÁS TRAÍDO LO QUE TE ENCARGUÉ EN TU VIAJE PRECEDENTE...

¿QUIERES RECORDARME DE QUÉ SE TRATABA?

¡TE PEDÍ ACEITE DE ROCA, HOMBRE!

¡POR EL GRAN BAAL MELKART! ¡YA SABÍA YO QUE HABÍA OLVIDADO ALGUNA COSA!!

¡PAF!

¿CÓMO?

¡NO NOS PONGAMOS NERVIOSOS! A CAMBIO, TE PUEDO CEDER PÚRPURA, INCIENSO, ESPECIAS, PIEDRAS PRECIOSAS...

¡NOOOO! ¡ES ACEITE DE ROCA LO QUE NE...?

¡BONG! ¡BONG! ¡BONG! ¡BONG!

¡AAARRG!

BONG!

¡ES UN SÍNCOPE! ¡CONOZCO ESTO: MI CUÑADO TUVO LO MISMO CUANDO EL CUESTOR ROMANO LE RECLAMÓ SUS IMPUESTOS!

¡PRONTO, OBÉLIX! ¡LLEVÉMOSLE A SU CABAÑA!

¡LO SIENTO MUCHO! PERO...¡¿CÓMO SE PUEDE UNO PONER ASÍ POR UN VULGAR ACEITE DE ROCA?

¿QUÉ ES ESTO DEL ACEITE DE ROCA?

ES UN ACEITE QUE BROTA DE UN SUELO ROCOSO, DE AHÍ SU NOMBRE, Y QUE SE ENCUENTRA SOBRE TODO EN MESOPOTOMIA. TAMBIÉN LE LLAMAN NAFTA.

Y ESTE ACEITE ¿QUÉ TIENE DE PARTICULAR?

¡NADA! LO QUEMAN EN LÁMPARAS DE ACEITE, PARA LA ILUMINACIÓN, PERO ES POCO UTILIZADO A CAUSA DEL MAL OLOR QUE DESPRENDE.

¡ESTOY INQUIETO! ¡¡¡SU ESTADO DE SALUD NO MEJORA Y YA NO HAY POCIÓN MÁGICA PARA CUIDARLO!!! VE PRONTO A BUSCAR LA AYUDA DE UN DRUIDA, ASTÉRIX!!!

¡OYE, ASTÉRIX! MENUDA ENSALADA SE ESTÁ ORGANI-ZANDO POR UN POCO DE ACEITE!

¡SÍ, Y DÉMONOS PRI-SA EN ENCONTRAR UN CURANDERO, ANTES DE QUE LAS COSAS SE AVI-NAGREN DE VER-DAD...!

¡GRRR!

? ?!

BZZZZ

¡GUAU! ¡GUAU!

¡IDEAFIX! ¡ÉCHATE EN SEGUIDA!

¿QUIÉN ERES, DE DÓNDE VIENES, QUÉ HACES?

ME LLAMO CEROCEROSEIX, Y SOY UN DRUIDA AMBULANTE. ¡NO VENGO DE NINGÚN SITIO Y OFREZCO MI SABER Y MIS CUIDADOS A QUIEN LOS NECESITA!

GRRRR

¿PUEDES RE-PARAR UN DRUIDA QUE HA PATINA-DO SOBRE UNA ROCA DE ACEITE...?

¡¿ HMM ?!? ¡ ES UN ACCIDENTE POCO CORRIENTE, PERO ESPERO PO-DERLO CONSEGUIR

BZZZZ

GRRRR!

10A

¡ES UNA SUERTE HA-BERTE ENCONTRADO! ¡NUESTRO DRUIDA PANO-RÁMIX ESTÁ ENFERMO Y NECESITA DE TUS CUIDADOS!

¡ES UNA SUER-TE HABERLOS ENCONTRADO! ¡ADEMÁS, SU DRUIDA NECESI-TA DE MIS CUIDADOS!

¡¡¡ALTO!!! ¡CONTROL!

¡ESTUPENDO! ¡UNA BARRERA DE ROMA-NOS!!

¡AY! ¡ESTOS IMBÉ-CILES LO VAN A ESTRO-PEAR TODO!

¡NO TENE-MOS TIEMPO DE DIVERTIRNOS, OBÉLIX! ¡PANO-RÁMIX NOS ES-PERA!

¡NO TEN-GÁIS MIEDO, VOY A ARRE-GLAR ESTO!

?

¡CLANG!

¡PSÉ! ¿MIEDO, NOSOTROS? ¿ESTÁ DE GUASA?!

BZZZZ!

10B

14

¡PERSIGÁMOS-LOS!

¿MIEDO? ¡ESTE DRUIDA ESTÁ LOCO!

¡PSCHHH!

¡BANG!

¡BING!

¡HUY!

¡CLONG!

¡AY!

¡MAMÁ!

¡ENRÓLATE EN LA BRIGADA LIGERA PARA ESTO!

¡SÍ! ¡YA SE ME ESTÁN CALENTANDO LOS CASCOS!

¡CON ESTOS ABUSOS, ES PARA MONTAR EN CÓLERA!

QUITÁDMELO DE ENCIMA, QUE LE ESTOY MIRANDO LOS DIENTES, COMO SI NO ME LO HUBIERAN REGALADO!

¡VENGA, NO DEIS RIENDA SUELTA A VUESTRO FUROR! ¡NO PODRÁN IR MUY LEJOS, VAN DERECHOS AL ACANTILADO!

¡LOS HEMOS DEJADO ATRÁS DEFINITIVAMENTE!

¡EL ACANTILADO! ¡CUIDADO!

¡MIEDO! ¿DE QUIÉN Y DE QUE, A VER?!

¡NADA TEMÁIS! ¡TODO ESTÁ PREVISTO!

¡ÉSTE YA ME ESTÁ PONIENDO NERVIOSO, CON SUS INSINUACIONES!

BZZZZZ!

CLIC!

¡SPLATCH!

¡¡¡Y SIN EMBARGO, AL APRETAR ESTE BOTÓN TENÍA QUE HABER OCURRIDO ALGO... !!!

18A

POCO DESPUÉS...

BUENO... ¡HA HABIDO MÁS MIEDO QUE DAÑO!

¡EH, TÚ! ¡PARA EL CARRO YA, ¿EH!?

?!

¡HAY VECES QUE TU AMIGO ME DA ALGO DE MIEDO!

¡SE ENCRESPA EN SEGUIDA, PERO ES UN BUEN CHICO!

¡PANORÁMIX SIGUE SIN VOLVER EN SÍ! ¡ESTOY INQUIETO!

¡TENGO LO NECESARIO PARA PONERLE EN PIE!

18B

¡GLOP! ¡GLOP! ¡GLOP!

¡BZZZZ!

¡AAARRG! ¡BRRRRF! ¡UUUF!

¡HIC!

¡ECHTO ECHTÁ MUY BUENO! ¿QUÉ ¡HIPS! ECH?

¡ES UN LICOR DE GRANO DESTILADO EN CALEDONIA! (*)

¡BZZZZ!

(*) ESCOCIA ANTIGUA.

¡PERO PIENSO QUE TAL VEZ SEA UN POCO FUERTE, Y QUE ESTARÍA MEJOR DILUIDO EN AGUA, CON CUBITOS DE HIELO!

¡9ZZZZ!

¡A BEBER, A BEBER Y A APURAR LAS COPAS DE LICOR... ¡HIP!

13a

QUE EL VINO NOS HARÁ OLVIDAR ¡HIPS!

¡TU PUESTA EN PIE LE HA HECHO PERDER LA CABEZA!

...LAS PENAS DEL AMOR... ¡HIPS!

POCO DESPUÉS, PANORÁMIX VUELVE EN SÍ, PERO LA SOLUCIÓN DE SUS PROBLEMAS, NO.

¿OS PREGUNTÁIS POR QUÉ LE DOY TANTA IMPORTANCIA A ESE ACEITE DE ROCA?! PUES OS LO DIRÉ: ...

SIN ÉL, SIN ESE PETRA OLEUM, ¡YA NO HABRÁ MÁS POCIÓN MÁGICA!

?

13b

¡!

PERO... ¿QUÉ RELACIÓN HAY ENTRE ESE ACEITE Y NUESTRA POCIÓN?

¡FORMA PARTE DE LOS MÚLTIPLES INGREDIENTES QUE LA COMPONEN, Y YA NO ME QUEDA ¡AY! NI UNA GOTA!

¡PAC!

¡AY! ¡LA MOSCA!

¡Y AUNQUE SOLAMENTE ES UNA GOTA DE ESE ACEITE LO QUE NECESITO PARA COMPONER LA POCIÓN, ES ABSOLUTAMENTE NECESARIA...!

¡FALLÉ!

BZZZZZ!

¡UF!

¡PERO ESTO ES TERRIBLE! ¿QUÉ SERÁ DE NOSOTROS? ¡YA SÓLO QUEDA OBÉLIX PARA GARANTIZAR LA SEGURIDAD DE LA ALDEA...!

PORQUE TODO EL MUNDO SABE QUE ME CAÍ EN LA MARMITA DE POCIÓN MÁGICA CUANDO ERA PEQUEÑO Y QUE LOS EFECTOS SON PERMANENTES EN MÍ Y BLA-BLA-BLA-BLA...

¿?! ¿?! ¿?! ¿?!

14A

¡BAH! ¡HEMOS SALIDO DE OTRAS, Y SI NUESTRO JEFE LO PERMITE, IRÉ A MESOPOTAMIA Y TRAERÉ ACEITE DE ROCA DE ÉSE...!

AH... ¿Y YO, QUÉ?

TÚ TIENES QUE QUEDARTE AQUÍ PARA DEFENDER LA ALDEA EN CASO DE ATAQUE DE LOS ROMANOS

¡AH, NO! ¡AH, NO! ¡YO TAMBIÉN QUIERO IR A METOPO... MESOTO... EN FIN, ALLÍ DONDE ESTÁ LA ROCA QUE BROTA DENTRO DEL ACEITE!!!

¡OBÉLIX TIENE RAZÓN! HARÁN FALTA DOS PERSONAS, AL MENOS, PARA SUPERAR LOS OBSTÁCULOS POSIBLES EN UN VIAJE TAN LARGO Y PELIGROSO.

¡Y NOSOTROS, MIENTRAS TANTO, DESEEMOS QUE NINGÚN ESPÍA DE CÉSAR DESCUBRA NUESTRA TERRIBLE DEBILIDAD...!

¡CÉSAR PAGARÍA MUY CARA ESTA INFORMACIÓN, PERO PIENSO QUE SE PUEDE HACER ALGO MUCHO MEJOR!

14B

ESPIGADEMAÍZ, ¿PUEDES LLEVARNOS ALLÍ DONDE SE ENCUENTRA EL ACEITE DE ROCA?

NO ANTES DE HABER LIQUIDADO TODAS MIS EXISTENCIAS, ASTÉRIX.

¡OBÉLIX Y YO NOS COMPROMETEMOS A VENDER TODA TU MERCANCÍA DURANTE EL VIAJE...!

ENTONCES, ¡DE ACUERDO!

A MÍ, QUE SOY DRUIDA COMO TÚ, PANORÁMIX, ¿ME DARÍAS LA RECETA DE TU POCIÓN MÁGICA...?

HMM! ¿Y QUÉ HARÍAS CON ELLA?

¡ME PERMITIRÍA DISTRIBUIR UN POCO DE JUSTICIA ENTRE LOS DÉBILES Y LOS OPRIMIDOS!

SI NO LOGRO REUNIR TODOS LOS INGREDIENTES QUE COMPONEN LA RECETA, ENTONCES, TAL VEZ...

...¡PERO ASTÉRIX ME TRAERÁ ACEITE DE ROCA, ESTOY SEGURO...!

¡DEBO POR LO TANTO IMPEDIR A ASTÉRIX Y OBÉLIX QUE ALCANCEN SU META!!

¡TIENES RAZÓN, PANORÁMIX! ¡QUISIERA, POR OTRA PARTE, CONTRIBUIR A ESTE ÉXITO, Y SI NADIE ESTÁ EN CONTRA, IRÉ CON ASTÉRIX Y OBÉLIX A LA MESOPOTAMIA!

15A

Y EL DÍA DE LA PARTIDA

¡NO OLVIDÉIS QUE EL DESTINO DE LA ALDEA ESTÁ EN VUESTRAS MANOS, PORQUE SIN POCIÓN SOMOS UNOS INVÁLIDOS!

¡TÚ LO HAS DICHO, JERIFALTE DE TODO!

¡TOMA, ASTÉRIX! ¡POR SUERTE HABÍA GUARDADO ESTA CANTIMPLORA DE POCIÓN MÁGICA!

¡Y GUÁRDATE DE CEROCEROSEIX! ¡ALGO ME DICE QUE DEBEMOS DESCONFIAR DE ÉL!

¡NO TEMAS! ¡ABRIRÉ EL OJO!

¿QUÉ? ¿PUEDO?

¡PRUEBA Y VERAS!

PERO ¿ADÓNDE HA IDO A PARAR CEROCEROSEIX?

15B

¡Y AHORA, VE A LLEVARLE MI MENSAJE A FIELHASTALFINUS...!

¡Y NO TE ENTRETENGAS POR EL CAMINO, ES URGENTE!

EMPIEZA ENTONCES UN DIFÍCIL Y PELIGROSO VIAJE DE LO MÁS MOSQUEANTE. AFRONTANDO LAS TEMPESTADES...

...Y LOS PELIGROS MÚLTIPLES...

?!

¿?! ¿?! ¿?! ¿?! ¡CLAC!

...EL MÁS PEQUEÑO AUXILIAR DE LOS SERVICIOS SECRETOS DE CÉSAR ACABA POR FIN SU VIAJE, AGOTADO DE CANSANCIO.

¡FLOP!

¡AH, NO! ¡¡¡ME HORRORIZAN LAS MOSCAS EN MI SOPA!!!

16A

¡QUÉ ASCO!

PERO ¿QUÉ MOSCA LE HA PICADO?! ¿ACASO NO SABE QUE EN BOCA CERRADA ETCÉTERA, ETCÉTERA...?

¡POC!

¡A VER QUE ME ESCRIBE CEROCEROSEIX! "ESTOY EN UNA NAVE FENICIA EN RUTA HACIA LA MESOPOTAMIA CON IRREDUCTIBLES GALOS. IMPEDID, CUESTE LO QUE CUESTE, QUE LA NAVE LLEGUE A BUEN PUERTO."

¡CEROCEROSEIX DEBE TENER SUS RAZONES PARA IMPEDIR EL ÉXITO DE ESTE VIAJE! ¡VOY A PEDIR QUE HAGAN LO NECESARIO!

¡EN CUANTO A TI, VAS A VOLVER AHORA MISMO CON CEROCEROSEIX!

¡EH! ¡CON CUIDADO! ¡O ME LARGO AL PANAL DE RICA MIEL MÁS PRÓXIMO!

¡POC!

MIENTRAS TANTO, VOGANDO POR EL OCÉANO...

¡ES RARO, ASTÉRIX! ¡DESDE HACE ALGÚN TIEMPO, CEROCEROSEIX YA NO ATRAE A LAS MOSCAS!

¡ESPEREMOS QUE NO ATRAIGA PREOCUPACIONES...!

16B

¿SIGUEN SIENDO SOCIOS QUE HAN LEÍDO MAL SU CONTRATO DE ASOCIACIÓN? (*)

¡NO! ¡HE CREADO UN CLUB DE VACACIONES CRUCERO Y ÉSTOS SON M.C.D.A.R - MIEMBROS CON DERECHO A REMO - PORQUE HAN PARTICIPADO EN LOS GASTOS DEL VIAJE. YO SOY UN SIMPLE M.S.D.A.R - MIEMBRO SIN DERECHO A REMO; JE, JE

(*) VER "ASTÉRIX GLADIADOR"

¡UNA VELA EN EL HORIZONTE, M.S.D.A.R!

¡CLIENTES! PRONTO, IZAD EL PABELLÓN!

GRAN QUINCENA COMERCIAL

¡LOS CLIENTES NOS SALUDAN IZANDO UN PABELLÓN NEGRO, M.S.D.A.R!

?!

¡LOS PIRATAS! ¡SE VAN A QUEDAR CON TODA MI MERCANCÍA!!

¿¡Y POR QUÉ NO?!

17A

¡CUERNOS DE MACHO CABRÍO, MUCHACHOS! ¡EL CARGAMENTO DE ESTE BARCO FENICIO NOS CUBRIRÁ DE ORO! ¡ÑHIIIII! ¡ÑIHIIII!

¡JE JE JE!

MIS QUERIDOS M.C.D.A.R ¿CONOCÉIS ESTE NUEVO JUEGO QUE SE LLAMA LA BATALLA NAVAL?

¡AH, NO, MI QUERIDO M.S.D.A.R! ESTAMOS HARTOS DE TODAS ESTAS DIVERSIONES Y NOS GUSTARÍA VOLVER A CASA, CUANTO ANTES, PARA REPOSAR TRABAJANDO

¡CREO QUE NO PODREMOS CONTAR CON LOS MIEMBROS CON DERECHO A REMO, OBÉLIX!

¡M.S.D.A.R. LO MISMO! ¡JI, JI! ¡CUANTO MENOS LOCOS SEREMOS, MÁS REIREMOS!

¡CUCÚ!

¡LOS LOCOS!

17B

21

¡LOS ENCUENTRO BLANDOS, ASTÉRIX! ¡Y ESO QUE RESPIRAN LA BRISA MARINA!

LA BRISA SERÁ MARINA... PERO LOS ESTAMOS HACIENDO HARINA, OBÉLIX

BRONG!

TCHRAC!

¡POR ESÚS! ¡HABRÁ QUE JUGAR DE MANO MAESTRA PARA IMPEDIRLES A ESOS DOS QUE LLEGUEN A BUEN PUERTO!

QUERIDOS M.C.D.A.R, ¿ACASO NO OS HABÍA PROMETIDO SANAS DISTRACCIONES DURANTE EL VIAJE?!

¡ES TAN DIVERTIDO QUE ME RETUERZO DE RISA!

¡NO ESTÁ MAL ESTE SKETCH DE BATALLA NAVAL! ¡QUÉ REALISMO!

POCO DESPUÉS...

¡OS LO SUPLICO! ¡RESPETAD MI BARCO! ¡ME QUEDAN AÚN LETRAS POR PAGAR! ¡Y NO HABLO DE SIGLAS!

GRRRR!

¿QUÉ HACEMOS, ASTÉRIX? ¿LO ECHAMOS ABAJO?

NO... ¡REBAJAMOS! ¡Y AL PRECIO MÓDICO RESULTANTE ESTOY SEGURO DE QUE NUESTRO ANFITRIÓN QUERRÁ COMPRAR TODAS NUESTRAS EXISTENCIAS!

¿QUIÉN, YO?

18A

MIL NOVECIENTOS NOVENTA Y NUEVE... DOS MIL... ¡ESTÁ JUSTO!

¡ME HABÉIS ARRUINADO! ¿CÓMO ME LAS ARREGLARÉ PARA ACABAR DE PAGAR MI BARCO?

¡REVENDIENDO LA MERCANCÍA, HOMBRE...!

¡NON OMNIA POSSUMUS OMNES!

¿Y QUÉ? HE SALVADO EL BARCO, ¿NO ES CIERTO?

¡TENÍAMOS QUE CUBI'NOS DE O'O Y NOS HEMOS CUBIE'TO DE 'IDICULO!

¡BRAVO, AMIGOS MÍOS! ¡ES LA PRIMERA VEZ QUE VEO TRATAR UN NEGOCIO CON TANTO BRIO...!

¡TENDRÍAMOS QUE NOMBRARLES M.C.D.A.R. DE HONOR!

¡ESPERO QUE LOS ROMANOS SABRÁN HACERLO MEJOR QUE ESOS IMBÉCILES!

18B

Y PRECISAMENTE..

¡UNA VELA EN EL HORIZONTE, M.S.D.A.R!

... UNA GALERA ROMANA CRUZA POR AQUELLOS PARAJES.

¡BARCO FENICIO A PROA!

¡ES SEGURAMENTE EL QUE SE LLEVA A LOS IRREDUCTIBLES GALOS QUE NOS HAN SEÑALADO!

¡PREPÁRATE PARA UN ABORDAJE COMO SÓLO SABE HACERLO UN VERDADERO MAGISTER NAVIS! (*) ¡AUNQUE VAYAN POR EL AGUA, A ESTOS LOS PARO EN SECO!

¡COMO NO LOS ATRAPES, CÉSAR TE VA A MAREAR DE LO LINDO!

(*) CAPITÁN DE NAVÍO ROMANO.

¡ESTUPENDO! ¡ROMANOS! ¡AL FIN VAMOS A PODERNOS DIVERTIR!

¡ALGO ME DICE QUE NO ESTÁN AQUÍ PARA ESTO!

¡LA MOSCA HA TRANSMITIDO EL MENSAJE! ¡QUÉ BIEN, ESTO DE LOS SERVICIOS SECRETOS!

¡PAF! ¡PAF! ¡PAF!

19A

VAMOS A ASISTIR A LA MARAVILLOSA MANIOBRA DE ABORDAJE PRACTICADA POR LA MARINA ROMANA. PRIMERO, LOS BALISTAS LANZAN LOS GARFIOS ...

¡TCHAC! ¡TCHAC!

DESPUÉS, YA NO HAY MÁS QUE TIRAR, CON DELICADEZA SUMA, QUE EXCLUYE EN EL MANIOBRAR TODA SAL GORDA ...

¿HA DICHO ALGUIEN GORDO?

TCHARRCHHN...

BONG!

19B

¿VAMOS ALLÁ OBÉLIX?

¡VAMOS ALLÁ, ASTÉRIX!

GLOP! GLOP! GLOP!

¡AL ABORDAJE!

¡AH, NO! ¡AH, NO! ¡¡ PERO SI ESTO ESTÁ PROHIBIDO!!

¡SOMOS NOSOTROS QUIENES OS HEMOS ABORDADO!

PIF! ¡PAF!

¡CADA VEZ LA MISMA HISTORIA! ¡EN CUANTO SE SIENTEN INFERIORES EN NÚMERO, LOS ROMANOS SE ENFADAN!

MÁS ENFADADO ESTOY YO, TENIENDO QUE CANTAR ♪ ¡¡¡SI, YO TUVIERA MI POCIÓN, LA MISMA QUE PERDÍ!!!...!! ♪

BLOMM!

BLAM!

FLAP!

GRRRR!

¡ES LÁSTIMA! ¡YA NO ME QUEDA NADA QUE VENDER!

¡QUÉ CALIDAD! ¡NO SE PUEDE DECIR QUE SEA UN ESPECTÁCULO PASADO POR AGUA!

¡NO LOGRO CREERLO! ¡NO LOGRO CREERLO!!

¡Y SIN EMBARGO! POCO DESPUÉS...

¡¡¡ LOS PARO EN SECO, DECÍA EL IMBÉCIL!!!

¡GLOUP! ¡GLOUP! ¡GLOUP! ¡GLOUP!

¡¡¡ CALLA QUE ME MAREAS!!

PERO, UNA VEZ MÁS...

¡GALERA ROMANA A PROA, M.S.D.A.R!

... TIENE LUGAR EL YA CLÁSICO ABORDAJE ...

¡BONG!

... SEGUIDO POR UN COMBATE Y UN EPÍLOGO NO MENOS TRADICIONALES.

CUÁNTO NOS DIVERTIMOS, ¿VERDAD, ASTÉRIX?!

¡SÍ, PERO ME EXTRAÑA VER A LOS ROMANOS BUSCARNOS LAS COSQUILLAS CON TANTA TOZUDEZ, OBÉLIX!

¡BING! ¡BANG! ¡PIF! ¡PAF!

¡CADA VEZ QUE VUELVO A VER ESTA ESCENA DESCUBRO ALGUNA COSA NUEVA!

PERO EN ROMA...

¡POR JÚPITER! ¡¡AHORA VERÁN LO QUE ES LA CÓLERA DE CÉSAR!!!

VOSOTROS, LOS PRAEFECTI (1) VAIS A REUNIR MI ARMADA Y ME BLOQUEAREIS LOS PUERTOS DEL MAR INTERIOR (2)

(1) COMANDANTES DE ESCUADRA.
(2) MAR MEDITERRÁNEO.

¡QUIERO QUE NI SIQUIERA UNA MOSCA PUEDA PASAR POR LAS MALLAS DE LA RED!

HABLANDO DE MOSCA...

¡FIELHASTALFINUS!!

¿TIENES NOTICIAS DE ESE AGENTE CEROCERO... LO QUE SEA?

¡AY, NO, CÉSAR, TENEMOS ALGUNOS PROBLEMAS CON NUESTROS MEDIOS DE COMUNICACIÓN!

¿PROBLEMAS?
¿QUÉ PROBLEMAS?

LA MOSCA QUE LLEVA NUESTROS MENSAJES HACE HUELGA DE ALAS CAÍDAS Y NO SÉ QUÉ HACER PARA LEVANTÁRSELAS...

¡¡¡¿QUIERES SABER SI LOS LEONES DEL CIRCO HACEN HUELGA DE HAMBRE?!!! ¡¡¡¿QUIERES SABERLO!!!?

POC!

¡INTENTARÉ ATRAPARLA ENGOLOSINÁNDOLA!

TITA, TITA, TITA, TITA, TITA, TITA, TITA, TITA...

MIEL

BZZZ ZZ ZZZ BZZZZ ZZZZZ BZZZ ZZZZZZZZZZZ

¡TENÍA QUE PASAR, CLARO!

MIEL

22A

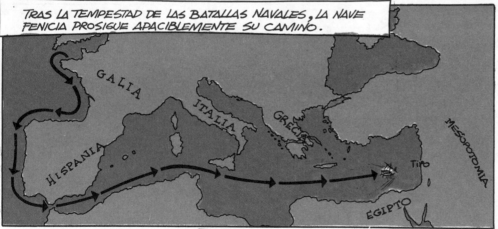

TRAS LA TEMPESTAD DE LAS BATALLAS NAVALES, LA NAVE FENICIA PROSIGUE APACIBLEMENTE SU CAMINO.

GALIA

ITALIA

GRECIA

MESOPOTAMIA

HISPANIA

TIRO

EGIPTO

ASTÉRIX, ME ABURRO. ¡Y CUANDO ME ABURRO TENGO HAMBRE!

¡SÉ PACIENTE, OBÉLIX.! ¡PRONTO DEBERÍAMOS ATRACAR EN TIRO!

¡TIERRA Y TIRO A LA VISTA!

PERO UNO DE LOS MÁS BELLOS PUERTOS DE FENICIA SE HA HECHO INACCESIBLE. BIRREMES, TRIRREMES, CUADRIRREMES Y OTRAS QUINQUERREMES BLOQUEAN SU ACCESO...

22B

AHORA ESTOY SE-GURO: ¡LOS ROMANOS HAN SIDO AVISADOS Y CONOCEN LA META DE NUESTRO VIAJE!

HMM... PERO ¿CÓMO PUEDE SER? SOMOS LOS ÚNICOS QUE...

¡AH, NO! ¡¡ME HORRORIZAN LAS MOSCAS EN LA SOPA...!

¿¿PERO?!... SI ES... "LA MOSCA"!

SE VE QUE NOS ACERCAMOS A LAS COSTAS... ¡LAS ATRAE DE NUEVO!

HMM... EN CAMBIO, ME ENCANTA SOCORRERLAS, Y ÉSTA NECESITA MUCHO DE MIS CUIDADOS. ¿ME PERMITÍS?

¡ESTÁ LOCO, ESTE DRUIDA!

EN TODO CASO, NO ES CAPAZ DE HACERLE DAÑO A UNA MOSCA

HAY QUE ACABAR RÁPIDAMENTE · CÉSAR SE IMPACIENTA Y LOS LEONES TIENEN UN HAMBRE ATROZ. FIELHASTALFINUS

¡LOS GALOS SEGUIRÁN INTENTÁNDOLO! ¡DIRÉ A ROMA QUE HAGA DESTRUIR TODAS LAS EXISTENCIAS DE ACEITE DE ROCA QUE ESTÁN EN PALESTINA!

GLOP! GLOP! GLOP!

MIEL

¡UF! ¡ESTO YA VA MEJOR! ¡LO MÁS PENOSO EN ESTOS VUELOS DE LARGO ALCANCE SON LOS DESFASES HORARIOS!

MIEL

¡DEPRISA! ¡EL ÉXITO Y LA FORTUNA DEPENDEN DE TI!

¡LOS HOMBRES NO TIENEN PIEDAD! ¡A ÉSTE ES NECESARIO AMARLE!

¡SENTIMOS MUCHO PROPORCIONARTE TANTOS APUROS, ESPIGADEMAÍZ!

¡ME DIVIERTE BASTANTE HACERLE LA PASCUA A LOS ROMANOS!

¡ADEMÁS, MAÑANA COSTEAREMOS EL REINO DE JUDEA Y OS PROMETO UNA TIERRA MÁS HOSPITALARIA PARA DESEMBARCAROS...!

A LA MAÑANA SIGUIENTE...

¡HE AQUÍ LA TIERRA PROMETIDA, ASTÉRIX!

VE A JERUSALÉN Y VE A VER DE MI PARTE A SANSÓN PREFIERELMUS; ES MI PROVEEDOR HABITUAL. EN SU CASA ENCONTRARÁS ACEITE DE ROCA.

¡GRACIAS, ESPIGADEMAÍZ! ¿HASTA PRONTO, TAL VEZ?

¡ASÍ LO ESPERO! ¡VUESTRO CONTACTO ME RESULTA MUY ENRIQUECEDOR...!

¡Y YO SIGO TENIENDO HAMBRE! ¿CREES QUE HAY JABALÍES POR AQUÍ?

¡AHORA LO QUE IMPORTA ES DAR CON NUESTRO CAMINO!

¡HE AQUÍ A ALGUIEN QUE TAL VEZ NOS VA A AYUDAR!

¡EH, AMIGO! ¿PUEDES INDICARNOS EL CAMINO DE JERUSALÉN?

¡ALLÍ VAMOS PRECISAMENTE MI ASNO Y YO! ¡CAMINEMOS JUNTOS!

ME LLAMO ABSALÓN. ABSALÓN DETHÉ.

¡YO SOY ASTÉRIX Y AQUÍ ESTÁN OBÉLIX, IDEAFIX Y EL DRUIDA CEROCEROSEIX!

VENIMOS DE LAS GALIAS PARA COMPRAR ACEITE DE ROCA EN CASA DE SANSÓN PREFIERELMUS, EL COMERCIANTE.

¡NO CREÍ QUE SE PUDIERA VENIR DE TAN LEJOS, PARA TAN POCA COSA!

¿HAY MUCHOS ROMANOS, AQUÍ?

MENOS QUE EN FENICIA, QUE ES PROVINCIA ROMANA. ¡SÓLO SOMOS UN PROTECTORADO Y LOS ROMANOS NO TIENEN MÁS QUE UNA DÉBIL GUARNICIÓN EN JERUSALÉN!

UN POCO MÁS TARDE...

¡PAREMOS AQUÍ PARA ACAMPAR!

OYE, ASTÉRIX, ¿CUANDO SE ACAMPA, SE COME?

¡COMPARTIRÉIS MI COMIDA, PERO SÓLO OS PUEDO OFRECER UNOS FRUTOS SECOS!

¡NO QUISIÉRAMOS ABUSAR!

¿NO TENDRÍAIS JABALÍ, AUNQUE FUERA SECO, POR CASUALIDAD?

¿JABALÍ? ¿QUÉ ES?

SINGULARIS PORCUS. GÉNERO DE MAMÍFEROS UNGULADOS PAQUIDERMOS UNA VARIEDAD HABITA LAS GALIAS. ¡Y ESTÁN RIQUÍSIMOS!

¿?!

¿¡¡CERDO!!? ¡ESTO ESTÁ ABSOLUTAMENTE PROHIBIDO POR NUESTRAS LEYES! ADEMÁS, NINGUNA CARNE PUEDE SER CONSUMIDA SI NO ES "KOSHER" (*)

(*) CARNES DE ANIMALES MUERTOS SEGÚN LOS RITOS JUDÍOS.

¡CLARO QUE HAY QUE COCER EL JABALÍ! ¿O CREES QUE NOS LO COMEMOS CRUDO, PARA AHORRAR LA LEÑA? ¿NO SERÁ QUE MIRÁIS UN POCO EL SESTERCIO, POR AQUÍ?

26A

POR FIN, DESPUÉS DE ALGUNOS DÍAS DE MARCHA, LLEGAN A JERUSALÉN, LA GRAN CIUDAD DE LOS REYES, AGAZAPADA TRAS SUS ALTOS MUROS, Y QUE MÁS TARDE ABRIRÁ SUS PUERTAS A TODA LA FE DEL MUNDO.

26B

¡SHALOM, ISAÍAS! ¿QUÉ HAY DE NUEVO...?

¡NADA, SI NO ES QUE LOS ROMANOS HAN DOBLADO LA GUARDIA Y VIGILAN ESTRECHAMENTE TODAS LAS PUERTAS DE LA CIUDAD!

¿QUÉ BUSCAN?

¡TRES GALOS Y UN PERRO, Y SI YO ESTUVIERA EN EL LUGAR DE TUS AMIGOS, SERÍA MUY PRUDENTE!

¡TODO VA BIEN! ¡EL MENSAJE LLEGÓ A TIEMPO UNA VEZ MÁS!

¡TIENE RAZÓN, TE VAMOS A DEJAR PARA EVITARTE PREOCUPACIONES!

¿POR QUÉ OS BUSCAN LOS ROMANOS?

¡INTENTAN IMPEDIR QUE COMPREMOS ACEITE DE ROCA Y LO LLEVEMOS A LAS GALIAS!

¿¡PERO QUIEREN LA MUERTE DE LA PEQUEÑA EMPRESA, O QUÉ?!

¡SEGUIDME! OS LLEVO A CASA DE UN AMIGO, EN UN PUEBLO CERCANO A JERUSALÉN. ¡LOS ROMANOS NUNCA TENDRÁN LA IDEA DE BUSCAROS ALLÍ!

27A

¡ESTA NOCHE, ENCONTRAREMOS LA MANERA DE HACEROS PASAR MÁS ALLÁ DE LOS MUROS!

¿POR QUÉ CORRES EL RIESGO DE AYUDARNOS, ABSALÓN?

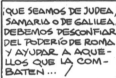

QUE SEAMOS DE JUDEA, SAMARIA O DE GALILEA, DEBEMOS DESCONFIAR DEL PODERÍO DE ROMA Y AYUDAR A AQUELLOS QUE LA COMBATEN...!

¡YA LLEGAMOS!

¡NUNCA HE VISTO SEMEJANTE APETITO! ¡ES LA DÉCIMA CARPA RELLENA QUE SE ZAMPA, Y AÚN PIDE MÁS...!

¡PARA DESCANSAR UN POCO, SÓLO PUEDO PROPONEROS EL ESTABLO, PERO YA VERÉIS QUE SE ESTÁ MUY BIEN!

¡OS IRÉ A BUSCAR ALLÍ POR LA NOCHE...!

Y POR LA NOCHE...

¡ES VERDAD QUE SE ESTÁ BIEN AQUÍ! ¿CÓMO SE LLAMA ESTE PUEBLO?

¡BELÉN, CREO!

27B

¡ ES LA HORA !
¡ VENID, NOS ESPERAN
AMIGOS EN LOS MUROS
DE JERUSALÉN !

¡ YA HEMOS LLEGA-
DO ! ¡ SILENCIO : TE-
MO QUE LOS ROMANOS
NOS SORPRENDAN

¡ SON ELLOS
QUIENES DEBERÍAN
SENTIR TEMOR !

¡ TENGO QUE EN-
CONTRAR LA MANERA
DE AVISAR A LOS
CENTINELAS !

¡ TE TOCA
A TI !

¡ ES EL MO-
MENTO !

¡ HUY !

¿ ! !

¡ AAAY ! ¡ AAAY !
¡ QUÉ DA-
ÑO !

¡ HAZLE
CALLAR,
OBÉLIX ! ! !

¡ VAS A TERMINAR
DE UNA VEZ CON ES-
TAS LAMENTACIONES
? !

¡ POC !

¡¡ LOS... LOS
ROMANOS... !!!

¡ ESTUPENDO, ES-
TUPENDO Y ESTU-
PENDO !

¡ SON ELLOS !
¡ ATRAPADLOS !

OUAH !

¡SI SE CREEN QUE ME VAN A PONER DE CA-RA A LA PARED, ESTÁN LOCOS, ESTOS ROMA-NOS!

¡YA VOY, OBÉLIX!

¡GRRRRR!

¡TCHRAACC!

¡BADABLAM!

¡PRONTO, SALTEMOS EL MURO! ¡AHORA, LOS RO-MANOS HAN SIDO ALER-TADOS!

¡EN TODO CASO, ÉSTOS NO ESTÁN MUY ALERTAS!

¡SÍ, LOS ENCUENTRO MÁS BIEN BLANDOS SO-BRE LA TIERRA FIRME!

29 A

¡POR YAHVÉ! ¡VOSOTROS Y LOS ROMANOS, HAN SIDO COMO DAVID Y GOLIATH, Y NO OBSTANTE, VA-YA PALIZA QUE HAN RE-CIBIDO...!

¡SÍ, Y ME ALEGRO DE QUE NOS HAYAMOS DESEMBARA-ZADO POR FIN DE ESE DRUIDA ESPÍA!

¡LLEGA-MOS A CASA DE SANSÓN PREFIEREL-MUS, EL COMERCIAN-TE...!

¡TE TRAIGO CLIENTES QUE VIENEN DE LEJOS, SANSÓN!

¡QUISIÉRAMOS ACEITE DE ROCA Y TENE-MOS MUCHA PRISA...!

¡HUYUYUYUY! ¡AY!

¡LOS ROMANOS ACABAN DE QUEMAR TO-DAS NUESTRAS RESERVAS, Y MUCHO ME TEMO QUE NO PODÁIS ENCONTRAR NI UNA SOLA GOTA EN TODO EL PAÍS...!

¿?!

29 B

¡PERO ESTE ACEITE DE ROCA ES VITAL PARA NOSOTROS Y TENEMOS QUE LLEVARNOS UN POCO A TODA COSTA A LAS GALIAS!

¡PUES ENTONCES TENÉIS QUE IRLO A BUSCAR ALLÍ DONDE SE ENCUENTRA, EN LA REGIÓN DE BABILONIA, EN LA MESOPOTAMIA!

¿ESTÁ LEJOS DE AQUÍ?

¡A TREINTA DÍAS DE MARCHA, Y VAIS A TENER QUE CRUZAR EL DESIERTO!

¡NO HE HECHO JAMÁS ESTE TIPO DE TRAVESÍA PERO ¡POR TUTATIS! ¡NO CREO QUE SE ME ATRAVIESE!

ÉSTE ES SAÚL OYSOLTEROENLAVÍ, MI DEPENDIENTE. ¡AL ALBA, OS GUIARÁ HASTA LAS PUERTAS DEL DESIERTO!

¡PASARÉIS MÁS FÁCILMENTE DESAPERCIBIDOS LLEVANDO ESTOS VESTIDOS...!

¿CÓMO DAROS LAS GRACIAS...?

¡BAH! ¡SI VUESTRA META ES FASTIDIAR A LOS ROMANOS, ESTAMOS EN PAZ...!

PERO SANSÓN PREFIERELMUS, TIENE UNA CONSONANCIA ROMANA ¿VERDAD?

¡HE TOMADO ESTE NOMBRE POR RAZONES COMERCIALES! ¡DE HECHO ME LLAMO ROSENBLUMENTHALOVITCH...

Y AL ALBA...

¡BUENA SUERTE!

¡MAZEL-TOV!

¡ES VERDAD QUE PASAMOS DESAPERCIBIDOS CON ESTOS VESTIDOS!

¡Y ADEMÁS ESTAS RAYAS ADELGAZAN QUE ES UNA BARBARIDAD!

¡OUAH! OUAH!

EN CASA DEL PROCURADOR DE ROMA EN JUDEA...

¡AVE, OH, PONCIO PENATES! ¡LOS GALOS SE NOS HAN ESCAPADO Y ES DE TEMER QUE AHORA ESTÉN LEJOS...!

PUES, MI QUERIDO DRUIDA-ESPÍA, LO QUE HAGAN FUERA DEL TERRITORIO SOBRE EL QUE TENGO JURISDICCIÓN ME ES TOTALMENTE INDIFERENTE

¡ME PONE NERVIOSO, SIEMPRE LAVÁNDOSE LAS MANOS!

¡PERO POCO IMPORTA! ¡ESPERAREMOS A OBÉLIX Y ASTÉRIX DONDE TENDRÁN FATALMENTE QUE REEMBARCAR, Y ALLÍ ENCONTRARÁN UN COMITÉ DE RECEPCIÓN A LA ALTURA DE SUS MÉRITOS...!

MIENTRAS TANTO...

¡NOS ACERCAMOS AL MAR MUERTO!

¡ME PONE ENFERMO, ASTÉRIX!

¡TENGO QUE RECONOCER QUE ESTAS MONTURAS SON BASTANTE INCÓMODAS!

NO ES ESTO... ¡ME PONE ENFERMO SABER QUE EN ESTE PAÍS SEAN TAN RACISTAS CON LOS JABALÍES

?!?

31 A

¡EL MAR! ¡YUUPIIII!

¡CON ESTE CALOR, ES UN BUEN CHAPUZÓN LO QUE NECESITO!

¡EH, ESPERA!

¡HOP!

?

FLOP! FLOP! FLOP! FLOP!

QUERÍA AVISARTE: ¡EL MAR MUERTO CONTIENE SEIS VECES MÁS SAL QUE LOS OTROS MARES Y SU DENSIDAD ES TAN GRANDE QUE EL CUERPO HUMANO NO SE HUNDE EN EL!

¡JI JI JI JI! ¡JO JO JO!

¡UARF! ¡UARF! ¡UARF!

31 B

ESTAMOS EN LA PUERTA DEL DESIERTO Y DEBO DEJAROS. ¡ PARA IR A MESOPOTAMIA, ES FÁCIL: SIEMPRE RECTO HACIA LEVANTE...

¡ GRACIAS UNA VEZ MÁS, SAÚL !

EL DESIERTO ES ANTES QUE NADA UN SOL ARDIENTE...

...Y DESPUÉS, NOCHES GLACIALES.

¡ ESTÁ LOCO ESTE DESIERTO !

¡ TREINTA DÍAS ASÍ VA A RESULTAR MONÓTONO !

?!

¡TCHAC!

¡ PRONTO !, ¡ PARAPETÉMONOS !

¿ QUIÉNES SOIS ?

¡ SOMOS GALOS !

¡ TENÉIS QUE EXCUSARNOS, OS HEMOS TOMADO POR ACADIOS ! ¡¡ NOSOTROS, LOS SUMERIOS, ESTAMOS EN GUERRA CON ELLOS !

¡ LA PRÓXIMA VEZ, PROCURAD INFORMAROS ANTES... !

¿ TENEMOS CARA DE ACADIOS, NOSOTROS ?

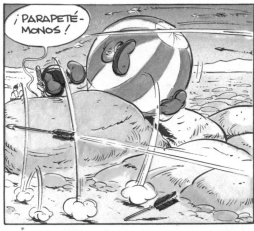

¡ESTÁN LOCOS, ESTOS HITITAS!

¡DECIDIDAMENTE, HAY DEMASIADA GENTE EN ESTE DESIERTO...!

¿QUIÉNES S...

¡GALOS!

¡YA LO SÉ!¡SOIS ASIRIOS Y OS EXCUSÁIS! PERO, BUENO, ¿¿POR QUIÉN NOS HABÉIS TOMADO?!?

PUES... POR UNOS MEDAS

¿ACASO TENEMOS CARA DE MEDAS, NOSOTROS? ESTÁN LOCOS ESTOS...

¡PERDÓN, SEÑORES!¡SOMOS GUERREROS MEDAS EXTRAVIADOS EN ESTE DESIERTO...!

¿NOS HARÍAIS EL FAVOR DE INDICARNOS POR DÓNDE SE SALE?

¡ES SENCILLO!¡NO HAY MÁS QUE SEGUIR LAS FLECHAS!

¡HMM! ¡ESTÁN LOCOS, ESTOS...

TOC! TOC!

¡¡BASTA!! ¡ME FASTIDIAS REPITIENDO SIEMPRE LO MISMO!

PERO... ¡ESTÁ LOCO, ESTE ASTÉRIX!

¡TOC! ¡TOC! ¡TOC!

¡ASTÉRIX, TENGO SED!

¡BEBE AGUA!

¡NO PUEDO, YA NO HAY MÁS!

?!?

¡UNA FLECHA HA AGUJEREADO EL ODRE!

35 A

!!

¡SIN AGUA, NUNCA PODREMOS ALCANZAR BABILONIA! ¡SE ACABÓ EL ACEITE Y LA POCIÓN MÁGICA! ¡TODO A LA PORRA, A MENOS QUE ENCONTREMOS A ALGUIEN QUE NOS AYUDE... !!!

¡HACE UN MOMENTO, TE ESTABAS QUEJANDO PORQUE HABÍA DEMASIADA GENTE...·

¡¡¡OBÉLIX, ME ESTÁS CANSANDO!!!

¡MIRA A IDEAFIX!

¡...PARECE QUE HA ENCONTRADO ALGUNA COSA!

SNIFF! SNIFF! SNIFF!

¿HABRÁ DESCUBIERTO UN MANANTIAL?!

¿Y POR QUÉ NO? IDEAFIX PUEDE ENCONTRAR CUALQUIER COSA, BASTA CON PEDÍRSELO!

GRAT! GRAT!

BRRRRAAAAOO

?!?

GRAT! GRAT!

OUUUMM

?

GRAT! GRAT! GRAT!

35 B

POR FIN, TRAS DÍAS DE UNA CARRERA AGOTADORA...

¡PUAJ! ¡HAY QUE VER, QUÉ MAREO TENGO!

¿TODO BIEN, OBÉLIX?

¿YO? SÍ, ¿POR QUÉ?

... ES LA VUELTA A TIRO.

¡UTILICEMOS NUEVAMENTE LOS VESTIDOS DE SANSÓN PREFIERELMIUS, PARA ENTRAR EN EL PUERTO SIN HACERNOS NOTAR!

¡TE ASEGURO QUE ES LA ÚLTIMA VEZ QUE ME JOROBAN DE ESTA MANERA!

¡AQUÍ ESTÁ LLENO DE ROMANOS! ¡SEAMOS PRUDENTES!

¿CÓMO CONSEGUIR ENCONTRAR A ESPIGADEMAÍZ EN ESTE LUGAR?

ESPERA, TENGO UNA IDEA!

37A

PERDÓN, MILITAR...

¿HMM?

¿DÓNDE PODEMOS ENCONTRAR A ESPIGADEMAÍZ, POR FAVOR?

¿EL MERCADER FENICIO?, SU DEPÓSITO DE MERCANCÍAS ESTÁ AL FINAL DEL PUERTO Y NO OS PODÉIS EQUIVOCAR, ES DERECHO, ¿Y AHORA, PODRÍAIS SOLTARME, POR FAVOR? ¡GRACIAS!

¡BLING!

¿VES? ¡SE PUEDE OBTENER TODO, CON UN POCO DE MUNDOLOGÍA!

¡BRAVO! ¡CON TUS IDEAS CONTUNDENTES PRONTO TENDREMOS A TODA LA GUARNICIÓN ROMANA DE TIRO PISÁNDONOS LOS TALONES!

ESPIGA DE MAÍZ
IMPORT - EXPORT

CLARO, CLARO, CUANDO LAS IDEAS NO SON DEL SEÑOR ASTÉRIX...

¡ES AQUÍ!

¡ALERTA! ¡¡A LA GUARDIA!

37B

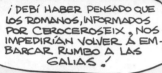

¿CÉSAR ESTÁ AQUÍ?

¡NO, PERO LE HA PRESTADO SU GALERA AL JEFE DE SUS SERVICIOS SECRETOS, QUE HA VENIDO A SUPERVISAR VUESTRA CAPTURA!

EN EFECTO, A BORDO DE LA GALERA DE JULIO CÉSAR...

¡CÉSAR SE IMPACIENTA, CEROCEROSEIX! ¿CÓMO VAS CON EL SECRETO DE LA POCIÓN MÁGICA?

ME QUEDA EL HACER DESAPARECER A ASTÉRIX Y A OBÉLIX, COSA QUE NO TARDARÁ MUCHO; ¡ACABAN DE SER VISTOS, VESTIDOS CON ROPA HEBREA!

¡TENGO UNA IDEA!

¡PFF! ¡COPIÓN!

¿TUS MARINOS SIGUEN ESTANDO DISPONIBLES, ESPIGADE-MAÍZ?

SÍ, PERO YA NO SON LOS MIEMBROS DE UN CLUB DE VIAJE. AHORA SON LOS GANADORES DE UN CONCURSO QUE HE ORGANIZADO. ¡TODOS LOS PREMIOS CONSISTEN EN UN CRUCERO POR MAR CON GASTOS INCLUIDOS!

¡PUES LOS VAS A REUNIR, Y HE AQUÍ LO QUE HAREMOS...!

39A

TRAS CAER LA NOCHE...

¡HOLA, MILITAR...!

¡¡ALTO!!! ¿QUIÉN VIVE?

TIENES SUERTE, GALO: POR UN MOMENTO HE CREÍDO QUE LLEVABAS ROPA HEBR...

BING!

¡RÁPIDO! ¡DÉMONOS PRISA EN EMBARCAR LA MERCANCÍA!

39B

44

EL VIAJE DE VUELTA SE PRO-SIGUE AGRADABLEMENTE, Y DENTRO DE UNA CIERTA RUTINA ...

¡NAVÍO PIRATA A PROA, SEÑOR ORGANIZADOR DEL CONCURSO!

¡SON NUESTROS CLIENTES!

¡GALE'A 'OMANA A EST'IBO'!

¡NO BUSQUEMOS PELEA CON LOS ROMA-NOS! ¡ES COSA CONOCI-DA QUE SOMOS NEU-TRALES!

¡PE'O SI SON LOS 'OMANOS QUIENES QUIE'EN PELEA Y NOS PE'SIGUEN!

?!

POCO DESPUÉS ...

¡CUATRO MIL SESTERCIOS! ¡LA CUENTA ES-TÁ BIEN!

¡PERO SI ES DOS VECES MÁS CARO QUE LA ÚLTIMA VEZ ...!

¡PUES SÍ! ¡ES LA INFLACIÓN! ¡SIEMPRE LA INFLACIÓN!

¿OS GUSTARÍA ASOCIAROS CON-MIGO ...?

¡NIGRO NOTANDA LAPILLO!

¡EN LUGAR DE FASTI-DIARME, AYUDADME A EN-CONTRAR UNA SOLUCIÓN PARA REVENDER TODO ESTO A BUEN PRECIO!

¡ES MUY SENCI-LLO! ¡SE T'ATA DE VENDE' DE PUE'TO A PUE'TO!

¡A PESAR DE TODAS TUS PERFIDIAS, LLEVA-REMOS ACEITE DE ROCA A LAS GALIAS, CEROCEROSEIX!!

?!

¡NO LO VEO MUY SEGURO!

¡NO, OBÉLIX! ¡NOOOOOOO!

PRRRFFFFFF!

¡BONG!

OUAH. OUAH!

Y ES LA PRIMERA POLU-CIÓN DE NAFTA NEFASTA EN EL MAR DE IROISE.

¡AH NO! ¡NO SE OS OCURRIRÁ EMPEZAR YA ...?!

PERO...ESTÁN LUCHANDO... ¡¡Y SIN POCIÓN!!

¡Y SIN NOSOTROS, Y ESTO NO ES JUSTO...!

PANORÁMIX, ¿QUÉ OCURRE? ¿QUÉ MILAGRO ES ÉSTE?

¡OH, ASTÉRIX! ¿Y EL VIAJE, QUÉ?

¡AY! ¡NO HE LOGRADO TRAER ACEITE DE ROCA...!

¿ACEITE DE QUÉ?

PUES... ¡ACEITE DE ROCA! ¡DE ESTE QUE TIENE QUE FORMAR PARTE DE LOS INGREDIENTES DE LA POCIÓN MÁGICA...!

¡AH, SÍ! ¡EL PETRA OLEUM!

¡NO TIENE NINGUNA IMPORTANCIA! ¡TRAS ALGUNAS EXPERIENCIAS, HE PODIDO FELIZMENTE REEMPLAZARLO POR EL ZUMO DE REMOLACHA, ES IGUAL DE EFICAZ Y TIENE MEJOR GUSTO!

¡BONG!

?

434

¡ES UN SÍNCOPE! ¡CONOZCO ESTO, MI CUÑADO HA TENIDO LOS MIS...!

¿QUIERES UNA TORTA?

¡VENGA, APARTAOS! ¡LO VOY A CUIDAR!

¡ES VERDAD QUE TU NUEVA POCIÓN MÁGICA SABE MUCHO MEJOR, PERO LA PRÓXIMA VEZ, HAZ TUS EXPERIMENTOS ANTES DE ENVIARNOS AL FIN DEL MUNDO, PANORÁMIX!

¡PROMETIDO, ASTÉRIX!

OYE, ASTÉRIX, ¿QUÉ HACEMOS CON ESTOS DOS?

¡TRAS TANTAS EMOCIONES LOS HABÍA OLVIDADO!

¿EL CARRO DE CEROCEROSEIX ESTÁ TODAVÍA ALLÍ?

¡NO ME HABLES DE ÉL! ¡QUISE UTILIZARLO Y SE TRANSFORMÓ EN MALETA! ¡ESTUVE ATRAPADO EN SU INTERIOR TRES DÍAS, HASTA QUE PUDIERON SACARME DE ALLÍ!

¡ES EXACTAMENTE LO QUE NECESITO!

43B

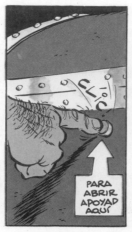

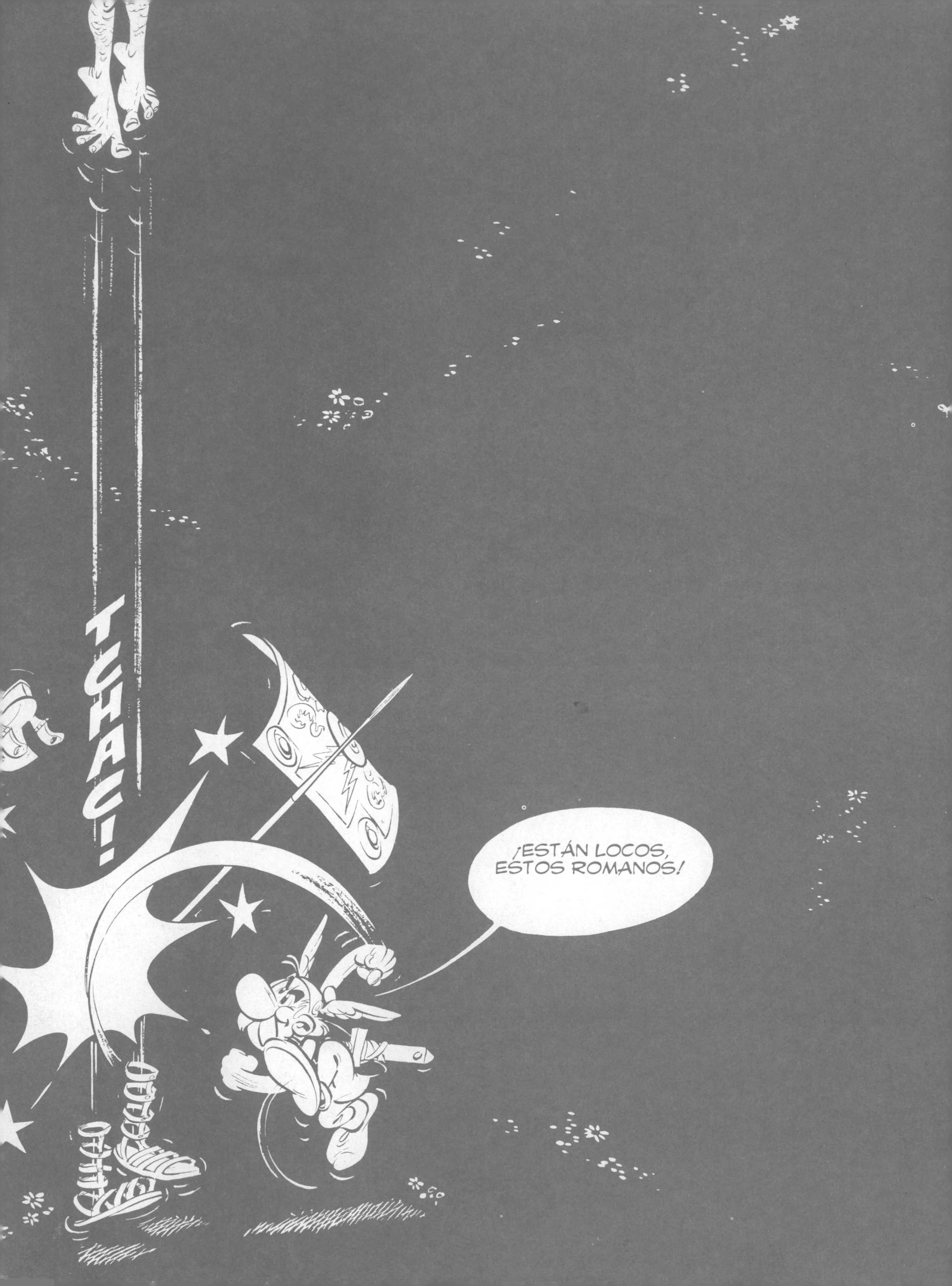
TCHAC!!
¡ESTÁN LOCOS,
ESTOS ROMANOS!